KB124854

실컷 오늘을 살 거야

실컷 오늘을 살 거야

초판 1쇄 펴낸날 2023년 1월 20일
초판 2쇄 펴낸날 2023년 10월 20일

지은이 김미희
펴낸이 홍지연

편집 홍소연 고영완 이태화 전희선
조어진 이수진 차소영 서경민
디자인 권수아 박태연 박해연 정든해
마케팅 강점원 최은 신종연 김신애
경영지원 정상희 여주현

펴낸곳 ㈜우리학교
출판등록 제313-2009-26호(2009년 1월 5일)
주소 04029 서울시 마포구 동교로12안길 8
전화 02-6012-6094
팩스 02-6012-6092
홈페이지 www.woorischool.co.kr
이메일 woorischool@naver.com

ISBN 979-11-6755-089-7 43810

실컷 오늘을 살 거야

열다섯 마음 시집 — 김미희 지음

우리학교

차례

1부 햇살 유목민

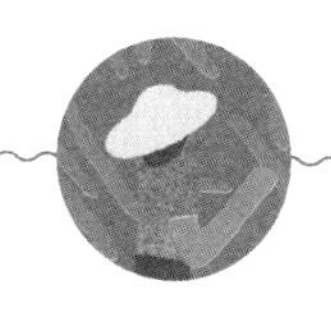

2부 내 양말의 버릇

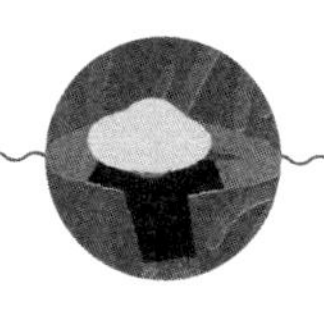

#열다섯 #사춘기 #호기심 #싱싱

#초록 #고백 #자동 재생 #예보

1부

햇살 유목민

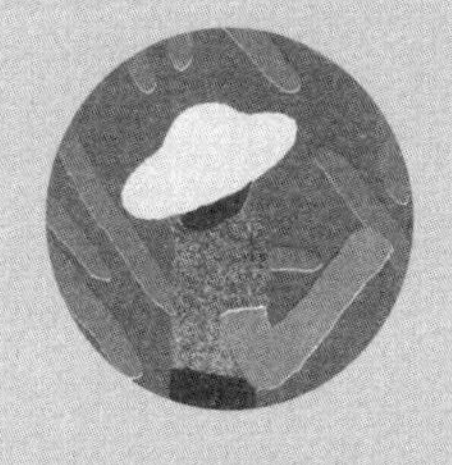

•
•
•

너무 늦지 않은 소식이기를
/
사랑이 흐르는 소리도 들을 수 있는 걸까?
/
해는 쨍쨍 바람은 살랑

호기심의 탄생

문이 살짝
열려 있을 때
태어나지

소곤거리는 소리가
들릴 때
그때 슬금슬금 솟아나지

최초의 시

우리가 최초로 쓴 시는 산성産聲*

잘 도착했어요
열렬히 살아 볼게요
반겨줘서 고마워요
뭐가 될지는 차차 알려 드릴게요

신고
기대
떨림
설렘

첫울음에
담긴
말

---

* 갓 낳은 어린아이의 첫 울음소리

싱싱한 하루

SING SING
하루가 살아 있을 때는
노래가 될 수 있다

애벌레의 시간
꼭 나비가 아니어도 좋아
싱싱한 오늘

오늘을 노래할래
실컷 오늘을 살 거야
냉장고에 가둘 필요 없는
싱싱한 오늘

스탠드

딸깍
불빛 샤워기를 틀어
쏴아아
어둠을 씻어

환해진 어둠은
내 책상 위 모든 것을
깨워

공통분모

나는 꿈을 가진 소피를 안다
아파트 분리수거장에서 해바라기 중이다
거실에 갇힌 삶과
매번 같은 소리-이를테면 TV 소리, 특히 라이브가 아닌-만 듣는 게 지겨웠단다
더 너른 곳으로 저 푸른 초원 같은
파도 넘실대는 바다 같은

마침내 꿈은 이루어졌다 안에서 벗어났다
꿈을 꾼 대가는 버려짐으로 치렀다

꿈 깨
누군가는 그렇게 퍽, 운동화 코가 비뚤어지게 소파를 찰지도 모른다
바보 같다는 놀림이나 받는
내 엉덩이를 만나는 것도 소파의 버킷리스트였을지 모르므로

나는 엉덩이에 힘을 주고 앉아 밖으로 나온 소파
의 양팔을 쓰다듬었다
꿈을 이룬 소파에서 꿈이 전염된다
바람도 푸른 하늘도 빗방울의 간지럼도
이제 소파와 나의 것이다

끈 볼펜

희원 안내 데스크에는
도망을 일삼는 것으로 추정되는 볼펜이 산다
그렇지 않고서야 벌건 스프링 줄로 발이 묶여 있진 않을 테니까
어떻든 전력이 있을 거란 합리적 의심이 든다
손님들이 여러 번 도망을 도우려 했으나
스프링 줄은 귀신같이 알고
기어이 볼펜을 잡아챘다
발이 묶인 가련한 신세

"너 임마, 십 분이나 지났는데 여기서 뭐 하냐?"
내가 누굴 걱정하고 위로할 처지가 아니다
"네, 네. 가요, 가."
슬쩍 반항 소스를 얹은 순종적 대답은
스프링 튕기듯 완전 자동이다

잔소리

장을 보며 건네받은 거스름돈도 아니면서
계산한 적 없는데 거슬러 받은 소리
어른은 공정한 거래라 생각하는
나로서는 반갑지 않은
나머지 소리

노을 예고

서쪽 하늘 붉게 드리운
무대 장막

이제 곧
달과 별들의 공연이 펼쳐질 예정입니다

말 걸기

가로등은
외로워서 불을 켠다

대체로 학생

나는 대체로 화가 나 있습니다
초딩 동생도 화가 나 있습니다
삼춘기라면서 맞짱을 뜨려 합니다
엄마도 화가 나 있습니다
갱년기라며 협박합니다

나는 대체로 잠이 부족합니다
잠은 자고 싶은 속성을 거침없이 분출합니다
동생은 휴일에는 깨우지 않아도 꼭두새벽을 엽니다
엄마는 불면증 약을 먹습니다

나는 대체로 재미가 없습니다
재미가 어떻게 생겼는지 만난 지 오래입니다
내가 좇으려는 재미는 환영받지 못하는 종류입니다
특히 문자로 된 것들에서는 찾기 어렵습니다

나는 대체로 포기하는 법을 익히고 있습니다
포기가 배추라면 공짜로라도 줄 텐데요

믿지 않겠지만
나는 대체로 학생임을 자각하므로 괴롭습니다
학생인데 학생이 아니었으면 하고 바랍니다
이 생각은 학생의 연식에 비례해 커집니다

나를 대체할 사람이 필요합니다
대체로 나를 구합니다

나무가 든든한 이유

나무는 수많은 입을 달고도
말이 없다
듣기만 한다
내 이야기도 들려줬다
역시 듣기만 한다

나무의 입은 귀라서
잎사귀라고 부른다는 걸 알았다
들어주는 입들은 고요한 응원이다

배꼽

마음을 보는 눈
그래서 깊이 숨겨 두었다

배고픔을 가장 먼저 본다

사랑은 공통점 찾기

난 노마토가 좋아
거꾸로 해도 토마토
정유정은 토마토야
나는 정유정이 좋아
토마토를 보면 내 뺨은 붉어져
토마토가 바나나 껍질을 만나면 좋겠어
바나나 껍질 미끄럼틀 타 봤니
넘어지며 복도를 날 수 있어
날다가 내 품에 쓰러졌으면 좋겠어
토마토는 사과랑 친할까?
친할 거야 살아낸 빛깔이 꼭 닮았잖아
나는 사과야 토마토 앞에 서면 붉어지는

고백

네 앞에만 서면
나는 미괄식이 된다
사족이 난무하고
맥락 없는 수식어들로
네게 고구마를 먹인다

내 엉성한 몸짓에 네가 웃음을 보인다면
내 마음에 너도 동의한다는 뜻
네 웃음은 동의서에 담긴 사인 같은 것
네가 답답함을 느낀다면 수용할 수 없는 관계란 뜻
나 너 좋아 단도직입
두괄식으로 말하고 싶지만 그건 고위험이 따른다
단칼 거절, 짝사랑마저 베일 수 있기 때문이다

모험가를 만드는 건 자신감일 텐데
꿈속에만 사는 모험심은 어젯밤
내 심장에 깃발을 꽂고 도망갔다

@소환골뱅이

반짝 해가 떴나
나를 이끄는 소리
“내가 만든 우물#에 머물러도 좋아”
내 지루한 일상이 날아갔다

나는 무거운 집을 지고도
날아서 간다 네게 간다

좋아요가 핀다 붉게 핀다
심장이 뛴다 뜨겁게

벽과의 대결

대부분 벽의 자리는 막다른 곳이다
공원의 그 벽은 가운데 덩그러니 있다
내가 공을 던지면 받아친다
내 기분을 기막히게 알아본다
막강한 월볼 상대다
내가 어디로 던지든 받아친다
상대성 원리로 프로그래밍된 존재
벽이란 그렇다

나무를 키우는 건

보도블록 틈에
풀이 아닌 나무가
뿌리를 내렸다

나무는 발소리 다가올 때마다
얼마나 마음 졸일까

뿌리내릴 자리가 아닌
예외의 자리에 서서 벌벌 떠는 나무

나무는 그 자리에 서서
숨죽여 소리친다
여기 나 있어요

어린나무의 마음을 알기에
애써 둘러 간 발자국들이
바람 햇빛 물과 함께

나무를 키운다

아직은 어린나무
머잖아 마음 밝은 이의 손길로
제자리를 찾아
아름드리가 될 나무

강아지의 신앙생활

에어프라이어에 고구마가 익어갈 때
우러러 경배하는 우리 강아지 리오
종료 버튼이 울릴 때까지 지극한 기원

저장 고구마가 바닥나는 5월 말, 고구마는 쪼글하다
나는 노란 속만 게살 빼 먹듯이 쪽 눌러 짜 먹는다
영양 덩어리 껍질을 비롯한 칠 할이 리오 몫이다
경배하며 기다린 보람이 있다
신은 끝내 리오를 버리지 않았다

햇살 유목민

햇살이 그린 네모난 성역
황제가 왕좌를 차지하듯
침상으로 삼아 햇살 방석에 눕는다
네 다리를 쭉 뻗고 눕는다 왕족 혈통임을 과시하듯
빤히 보는 내 눈길, 사랑이 흐르는 소리도 들을 수 있는 걸까?
나노급의 청각을 뽐내며 감긴 눈을 반짝 열었다가 느리게 닫는다
리오 배 속으로 공기가 흘러간 게 보인다.
들락날락, 들숨 날숨으로 만들어진 몸짓 언어
공기는 리오 뱃속을 거닐다 나왔다가 다시 들어간다.
연신 햇살로 데워진 몸속 탐사를 이어 간다
리오는 왕좌를 내준 해님에게 배로 불뚝이 춤을 보여 준다
햇살이 또 이사를 간다 리오도 몸을 일으켜 따라가 눕는다

들판 노래방

민들레가 개업했다
곳곳에 마이크를 설치했다

자,
노래 한 곡 하고 가시죠!
해도 짱짱하고
바람 살랑살랑
분위기 딱인데!

녹음, 재생

숲속 펜션
키 큰 나무들이 햇살에 반짝이며 춤을 춘다
창문을 열자 쏴아 소리가 요란하다
폭우가 쏟아지는 줄 알았다
오월 녹음이 무성한 나뭇잎이 흐물흐물
나무는 팔다리 긴 공기 인형처럼
아주 큰 동작으로 춤을 춘다
깊은 계곡물 성대모사가 이어진다

나무의 푸르름을 녹음이라 하지
나무는 무성해질수록 녹음 소리도 크다
빈도가 높은 재생 트랙은 빗소리다
빗소리, 바람 부는 날이면 자동 재생

총알 배송

어제까지 추웠는데
오늘 바로 여름
계절도 퀵 배송
주문자는 인간

그러나 주문 사실을 잊고
어리둥절해 한다

그 외
미세 먼지
폭우
폭염

많은 것이 배송되었으나
주문 사실을 모른다
반송 불가 딱지가 난감하다

경계에 핀 배달비

등급 경계라는 것은 보통 불리하다
안정적이지 않고 늘 불안을 안고 산다
우리 아파트는 행정 구역상 애매한 경계이다
떡볶이를 시킬 때 배달비를 천 원 더 내란다
빵을 주문하면 2차선 도로를 사이에 두고
마주 보는 아파트는 삼만 원 이상 무료인데
우린 오만 원 이상 무료다
같은 동네지만 다른 동네다
점수도 그렇다 엎치락뒤치락 친구와
한 문제 때문에 대학 등급이 달라진다
경계에는 꽃이 핀다더니 배달비 장벽만 높다
경계가 운명이란 단어로 돋을새김 된다

어떤 소식

아침에 오늘의 날씨를 확인했다
낮 12시부터 비가 온단다
예보와 달리 비는 내리지 않고 볕만 과랑과랑
지렁이들도 비 예보를 들은 걸까?
보도블록에 발걸음을 조심스럽게 디뎌야 할 만큼
지렁이로 흥건하다
햇볕 고문을 당하고 있다
이런 형벌의 시간이라니
비 내릴 기미가 없다
비야 비야 어서 그어라
풀숲으로 옮겨주기엔 너무 많다
말라 간다
몇 시간이나 버틸 수 있을까?
비야 비야 서둘러라
나는 우선 생수병 물을 부어 주며 기우제에 답했다

예보된 비는 저녁 6시에야 찾아왔다

시인 윤동주를 생각했다
해방되기 며칠 전 감옥에서 이사 간 별
오늘 해님의 폭압에 맞선 몇몇 지렁이에게, 비는
너무 늦지 않은 소식이길 바랐다

나무 아래서

여름 한낮
나무 아래로 가면
볕은 순해진다
땡볕에서 땡을 떼어놓고 쉰다
바람의 말을 듣는지 힘을 빼고
살랑살랑 나무를 그린다

책의 일은
나무의 일과 닮았다
나는 오늘 좀 나아지고 싶다는 생각이 든다
책이 나를 나무 아래로 데려갔다
땡이 꼬리를 감추고 남겨진 볕은 견딜 만하다
바람이 내 머리를 아릉아릉 어루만진다

무기를 가진 자가 지는 게임

여름 한낮이 다가올수록
해님의 그늘 욕심은 줄어드는 반면
사람들의 그늘 욕심은 노골적이 된다

맞은편에서 건장한 사내가 걸어온다
긴 담벼락 그늘을 따라서
침략자
좁아지는 그늘 영토를 건 싸움이 시작된다
그늘을 내 줄 것인가 지킬 것인가

나는 그늘에서 물러났다
내겐 모자라는 무기가 있으므로

찰나에 밀려났던 나는
다시 또 잠깐 그늘 주인이 된다

트럭과 낙엽*

트럭이 지나가자 바닥의 낙엽들이
일제히 일어서 추르르르 따라간다
하얀 연기를 내뿜는
소독차를 따라가는 TV 속 그 아이들처럼
꽁무니를 좇아 달린다
진즉부터 옆으로 비껴난 낙엽들의
달릴 필요 없다는 소리는 들리지 않나 보다
잡힐 듯 잡힐 듯 고함도 넣는다
이봐요 거기 서라고요
부름을 외면하며 트럭은 멀어지고
낙엽들은 제풀에 지쳐 나동그라졌다
무엇을 잡으려는 달리기였지?

---

* 트리나 폴러스의 『꽃들에게 희망을』로부터

▶▶ 꿈이 열리는 나무

엘제아르 부피에가
32년간 매일 100개씩
땅에 심은 도토리가
황무지를 신이 내린 숲으로 바꿨다*
세계를 바꿨다

나무를 심은 사람처럼
나무를 심는 다람쥐
뒷산을 숲으로 바꾼다

내가 적립하는 것들
어떤 꿈이 열릴까
어떤 숲을 이룰까

---

* 장 지오노의 『나무를 심은 사람』에서

#오늘은 좀 나아지고 싶다는 생각 #쉼표가 허락되지 않는 시간

#일상 #사물 #학교 #가족 #친구 #나의 계절들

2부

내 양말의 버릇

오늘을 노래할래

/

실컷 오늘을 살 거야

/

오늘 이 순간이 내 생에 가장 빛나는 하루

내 양말의 버릇

내 양말은 숨바꼭질 놀이가 취미다
그건 벗어 놓은 팬티도 닮았다
나는 술래 체질이 아니라서
그들의 취미를 모른 체 한다
그들은 주로 침대 밑으로 기어들어 가 숨는다 단순하다
먼지를 마시며 숨을 참고 먼지벌레로 변하면서도
지루한 놀이를 접지 않는다
가끔 꼭꼭 숨지 못한 머리카락처럼
꼬리가 잡히기도 하지만 나는 애써 무시한다
발로 다시 밀어 계속 숨어 있으라 독려한 적도 있다
언제 술래의 의무를 다하나 지켜보던 아빠의 고함에
그들은 자진해서 좔좔 기어 나온다
술래가 바뀐 줄 모르고 숨어 있었구나
무안해하고 자책하면서

그러면 나는 아주 가끔 따끔함을 느끼지만
취미 존중 차원으로 이해해 달라고 요구한다

아빠 혹은 엄마는 침 튀기며 방역을 하듯 침대를 들썩 옮긴다
부모는 술래 체질이다
고린내 나는 양말과
지린내 나는 팬티와
기타 등등의 것들이
비정기적 취미 생활에 동참한다

무선 마우스

꼬리, 아니 탯줄을 잘랐다
독립 선언!
세상을 다 누빌 줄 알았다
끝내 반경을 벗어날 수 없었다
파장이 닿는 딱 거기까지 뿐
헬리콥터처럼 빙글빙글
작은 칩의 눈길을
벗어나면 쥐는 죽는다
부처님 손바닥 안을 살던
손오공의 후예
블루투스 손바닥 안

하필이면 방문

예고하지 않은 엄마의 방문에 놀랐다
방문이 망가졌음을 간과했다
하여
오지 않아야 할
보이지 말아야 할
시간임을 방문은 예고할 수 없었다
문손잡이에 직무 유기죄를 물어
죗값을 치르기를 바랐건만

형벌은 내가 받았다
노트북 일주일 압수!

헐렁 바지의 품격

바지는 고무줄이 늘어날수록
포용심이 깊어진다
까탈을 부리지 않는다
고집을 다듬어서 둥글려 놓았다
입었으되 입지 않은 것 같은
바지라는 존재를 망각하게 한다
안 입고 다닐 수는 없고
타협점의 절정을 이룬 느슨함이다
그래서 버림받지 않는다
내가 찾는 빈도가 높다 치밀한 접촉력
오래 벗하였으므로 내 몸을 제일 잘 안다
또한 내 소탈함을 보여 주는 바로미터이기도 하다
인격의 도량을 시험하는 도구
외출시 헐렁 바지 입성의 겉모습으로 나를 판단하는 사람과
그렇지 않은 사람을 분간하게 한다
굼벵이도 구르는 재주가 있다는 말 누가 만들었나

정정하자 굼벵이는 구르는 재주까지 있었던 거다
땅속을 벗어났으니 굴러야 마땅하다
버려지지 않는 법을 아는 위엄
바지의 생명력에서 인생을 배운다

▶▶ 우리 엄마는 해녀

보물은 바다 밑
절벽 아래에 있어요

물의 벽을 타고
아래로 아래로
물구나무서서
목숨을 걸고 내려가요

엄마가 참은 숨값으로
우리가 살아요
쉼표가 허락되지 않는 시간을 견뎌야 해요
착한 사람이 받는 형벌 같아요

다음엔 착한 엄마로 태어나지 않았으면 좋겠어요

증명하시오

축구 선수 박지성의 발
발레리나 강수진의 발
골프 선수 박세리의 양말 자국
우등생의 음푹 파인 가운뎃손가락
유명 셰프의 화상 얼룩

만년 과장, 우리 아빠의 간
내보일 수 없는 간

갈치 먹는 남자가 사는 별*

아빠가 구운 갈치를 먹는다
접시에 놓인 토막 갈치의 옆줄 가시를 젓가락을 세워 콕콕
차분히 일렬로 누르고 벌리며 가시만 옆으로 밀어낸다
몸통에 붙은 중심 뼈만 먹기 좋게 남는다
노안이라 안경은 벗어서 머리에 척 얹고
눈을 좀 더 접시 가까이 바짝, 더 가까이
혹여나 입에 들어갈라 가시 색출에 열을 올린다
접시에 누운 갈치를 자세히 보기 위해 몸을 더 숙인다
오른쪽 다리를 의자에 올려 세우고 접시 가까이 한껏 기울인다
젓가락이 예민하고 섬세하게 움직인다

* 생텍쥐페리의 『어린 왕자』에서 어쩌면 다음으로 여행했을 새로운 별

가시에게 속지 않으려는 몸부림이 처연하다
가시를 발라내는 사이
갓 지은 밥이 알맞게 식는다
노동은 생존의 필요조건임을 일깨우면서

낙타가 낙타인 건

사막을 걸어요
걷고 또 걸어요
피 흘리며 가시 나뭇잎을 먹거나
굶으면서도 걷는 열차에요

몇 날 며칠이 지나
도시락을 먹어요
혹을 먹어요
제 살을 먹어요
낙타를 먹어요
ㄴ이 허물어지고
ㅏ가 사라지고
ㄱ이 댕강 꺾이고
ㅌ이 부스러지고
남은 ㅏ마저 사라져요

모래바람을 헤쳐 온 낙타는

등이 납작 녹아내렸어요
먼 길을 씩씩하게 걸어왔어요

쉬면서 도시락을 채우면 그제야
낙타로 되살아나요
급식 시간은 바로 '나'로 태어나는 시간이에요

1월 8일 사막에 눈 내리다

새털 같아요
하얀 모래일까요?
긴 눈썹 위에
차가운 모래가 놓여요
등을 덮어요

너무 추워요
등이, 온몸이 얼어요
차가운 모래는 어디서 불어올까요
모래가 몸에서 떨어지지 않아요
모래 언덕이 흰 물결로 구불거려요

우리는 낙타라고요 펭귄이 아니라고요
여기는 천국인가요? 지옥인가요?
우리가 뭘 잘못한 걸까요?
어디로 가면 사막이 나올까요?

▶▶ 불면증이라는 덫

어떻게 잠을 못 잘 수 있어?

콧방귀 뀌곤 했는데 잠을 못 잔 지 사흘째

불면 증상은 내 안에 내가 너무 많아진다

조잘대는 목소리들, 주로 나쁜 이야기만 들린다

내 마음은 몹시 초췌해진다 떨쳐 내려 하면 들러붙는 생각들

베개를 안고 이리저리 왔다 갔다

소파 책상 방바닥 식탁 의자 옮겨 다니며

새우처럼 웅크린다 나는 새우야

새우가 되자 생각은 더 자유로이 태평양을 헤엄친다

기다리지 않는다며 잠을 외면하려 했다

잠은 배배 꼬였다

오기를 바라면 오지 않는다

사춘기의 상징이 된 잠은 기다리지 않는 자를 공격한다

그렇다 기다리는 자는 늘 약자다

나윈은 불면증은 지렁이를 관찰하기에 좋은 병이라고 했다
지렁이 생각을 하자
땡볕에 발가벗긴 채 내동댕이쳐진 모습이 또 나를 괴롭혔다
잠이 곁을 내주어야 사라지는 생각들
언제 헤쳐 나오나 꿈길은 아직 멀기만 하다

잠 뛰어내리다

양치기 소년이 아닌 피리 부는 소년
양 한 마리 양 두 마리 양 세 마리 양 네 마리 양 다섯 마리……
양이란 양들이 너를 따를 거야 너는 피리를 잘 부니까
너는 양 떼를 이끌고 산 정상으로 가 집중해서 피리를 불어
양들이 하나씩 하나씩 절벽으로 떨어질 거야
간혹 하품하는 염소도 뛰어내릴 거야 마지막은 네 차례야 그렇지 잘했어

학교에선 피리 불 일 없어서 다행이지
지금 양들은 어쩌고 있냐고?
어찌 되긴? 부지런히 절벽을 기어오르는 중이지

닮은꼴

수국과 깻잎을 구분하시오
시험에 출제되어야 한다
생존과 밀접한 관련이 있어서다
전쟁 시 둘을 구분 못 하는 사람은
구분하는 사람보다 상대적으로 빨리 죽을 수 있다
구분할 줄 알면 깻잎을 뜯어 먹으며 며칠을 더 살 수 있다

수국에 싸 먹을 수 있는 건 진지함 정도뿐이다
깻잎과 수국을 구별하지 못하면
수국을 먹으려다 총 맞기도 전에 놀라서 죽을 수 있다
혀가 잘못된 줄 알고!
전쟁 난리에 깻잎 맛까지 변한 줄 알고!

눈은 속았으나
코는 아직 기능하여 냄새로 깻잎을 구분하기 바

라며

코에 총이 스치지 않기를, 이는 바람에도 코끝이 예민하기를!

격리 상태에서만 흡입하세요

티라미수, 오징어, 자장면은 비슷한 패턴의 공격성을 가졌다

DNA의 유사성이 뼈아픈 경험으로 입증되었다

이들의 수법은 한마디로 흔적 남기기

부스러기라고 부르는 것들도 흔적을 남기는 것에는

그 쾌를 같이 하나 이들의 현란함을 이길 순 없다

부스러기는 주로 바닥이라는 한정된 공간일 경우가 많지만

이 셋은 얼굴을 원한다. 특히 입, 긴장을 늦추지 않았음에도 무지막지하다

색을 통한 그들의 공격성은 천하제일의 유전 공학자도

희대의 바보라고 일컬어지는 위인인 맹구로 둔갑시킬 수 있다

이에 끼거나 얼굴에 묻거나 이 사이사이에 침투하거나

그들의 간교함과 악랄함을 말로 다 하려니 입 아프다

만약 그들을 섭취할 불가피한 상황이 생겼다면

부디 입 닥친 상태로 웃기를 권장한다

이들은 머리가 좋아서 다른 종족인 듯 돌림자를 쓰지도 않고

맥락 없는 이름으로 카페, 횟집, 중국집 등에 잠입해 있으나

때때로 DNA 분출 욕구를 제어하지 못함으로써 들통 나는 우를 범한다

모든 걸 감당하는 사이-예를 들어 방귀를 튼 사이-정도가 아니라면

저 메뉴를 선택함에 충분히 망설이고 재고하기를

유전자 감식안을 가진 내가 선지자로서 경고한다

물론 이 밖에도 새로운 종족들이

호시탐탐 멸종하지 않고 생존을 이어가고 있다

그러므로 피하는 것만이 답이다

몰래, 아무도 몰래! 섭취를 권장한다

내가 이 보고서를 쓴 사람으로서 이것들을 혼자 먹는 것이니

혼족의 철저함에 감탄해 주기 바란다 히히

필통

지퍼 입은 촘촘한 성곽이야
내 물건을 빌리려면
성곽을 뚫어야만 하지

대개는 굳게 닫힌 성곽 길을 서성이다
돌아갈 게 뻔하지

내 마음을 열면 성도 열릴 테니
내 마음을 먼저 열어 보는 게 어떨지

칼은 개 이름

필통에 사는 사나운 개의 이름은
칼이야
물리지 않게 조심, 알지?

드르륵, 이빨을 드러낼 때
더욱, 알지?

- 칼, 얌전히 굴어야지
그런 말은 효과가 없을지도 몰라

- 너 하는 거 봐서
그렇게 대꾸할지도 몰라

반드시 생사 확인 요망

죽은 척 연기의 왕은 바나나다
곰이 접근하면 죽은 척하시오
초등학교 때 서바이벌 책에서 읽었다
바나나 세계에선 이렇게 응용된다
사람이 방심한 틈을 타 죽은 척하시오
초록초록 싱싱한 놈을 데려왔건만
얼마 안 가 얼굴과 몸을 싹 바꿨다
노랑에서 진노랑 그러다가 드문드문 검버섯도 피워 올렸다
달콤함이 극에 달했음을 알아채야 하는데 속곤 한다
죽음에 이르렀노라 장례를 치르는 중이라고
스스로 검은 상복으로 갈아입었다

너, 정말 죽은 거야?
곰은 움직임만 보지만 나는 바나나를 툭툭 쳐 확인한다

맛의 질정을 놓치지 않으려는 나의 집념에 비니
나가 항복한다

수학 시간이면 바나나가 되는 너,
연기 그만, 일어나! 쉬는 시간이야

펜을 위한 조시弔詩

어라, 흔들어도 너는 대답이 없구나
존재가 홀쭉하다 못해 기아를 넘어 아사했구나
며칠 띄엄띄엄 앓는 소리를 냈을 것인데
내가 듣지 못하다니 오호 통재라 오호 애재라
너를 만나려고 문구점 불빛은 그리 환하였더냐
내가 얼마나 신중을 기했던가
그렇게 너를 만난 행복함에 겨워 취침 자동 반사 행동인
침의 양을 최소화하려 했던 날들이 주마등으로 스치는구나
너를 만나 내 손가락이 춤을 추었다
알다시피 잠을 이긴 군대는 드물다
네가 그걸 일정 부분 해냈다는 것을 나는 인정하지 않을 수 없구나
너는 영혼을 갈아 백지를 채우는 걸음으로 문자 경작의 기쁨을 주었고
투정하지 않는 너의 겸손에 경건함을 알았고

내 손가락의 지문을 기어이 네 몸에 새겨 넣도록 허락했다
그렇게 고락을 함께했건만
깜지 점령지를 늘리는 데 일생을 바쳤건만
이렇게 생을 마감한 줄은 몰랐다
과로사인 건지 고독사인 건지 밝혀 무엇할까 마는
내 찔리는 바 없지 않다
너를 진즉 수혈하고 새 생명을 주어야 했거늘
애통하구나
다음엔 미리 크게 울부짖으렴, 티를 내렴!
책상 위에서 생을 마감했으니
산업 재해를 인정하여 보험금을 지급하노니
보험금은 너를 위한 조시를 써서 읊는 것이다
부디 잘 가라
너의 묘비명엔 백지를 깜지화 한 정복자 여기 잠들다라고 쓰마 - 다른 펜으로 흑흑
잘 가라 플라스틱들의 무덤에 안치하노니

수능 백 일을 앞둔 누나에게

불어난 체중으로 곰이 된 누나야
교실에 갇혀
학원에 갇혀

교실 창밖으로 보이는 바깥
얼마나 뛰쳐나가고 싶을까

너무 매워요
너무 써요
마늘 같은 나날
쑥 같은 나날

참아 웅녀가 되고 싶잖아
연속된 메아리 메아리

오늘은 수능 백 일 전
교실에 쑥 대신 마늘 대신 콜라와 피자

건국 신화를 쓸 거야, 건배!

흑마늘 엑기스 같은 콜라 잔이 부딪히는 교실
언제 불이 꺼질까

잃어버린 것에 대하여

열두 살 때 집에서 넷이 배드민턴을 했다
가운데 책상을 네트 삼아 리그전이었다
내가 우승을 했다
아빠가 마라톤에서 완주 기념으로 받은 메달을 걸어 주었다
엄마가 내 입술에 축하 케첩을 발라 주었다
동생이 우승 소감을 묻는 인터뷰를 했다
비디오 영상으로 생생하게 남아 있다

어떻게 하면 그렇게 빨리 달릴 수 있는지
어떻게 하면 그렇게 맛있는 김밥을 만들 수 있는지
어떻게 하면 그렇게 높은 음을 낼 수 있는지
어떻게 하면 우리 역사에 대해 그리 깊은 생각을 펼칠 수 있는지
뒹굴어 다니는 메달일지언정 인터뷰와 함께 메달을 걸어 주는 일
금메달 선수들로 가득할 수 있는 교실을 외면하

므로 우린 평범해진다

현재의 불행함 때문에 과거를 추억하는 건 서글픈 일이다
그때가 좋을 때다라고 말한다면 우리는 벌써 늙어 버렸다는 것이다
청춘이 아니라는 것 꿈을 잃었다는 것
잃었으므로 찾아야 한다는 생각
먼저 그 생각을 찾아야 한다

메달을 걸고서 나는 이렇게 인터뷰에 응하리라
오늘 이 순간이 내 생애 가장 빛나는 한때입니다

주전자 학교

부글부글 소리의 정체는 주전자였다 물이 끓고 있다
거세게 끓어오른다. 마그마처럼, 팥죽처럼
무슨 화난 일이 있다는 듯 푸푸 김을 내뿜는다
허연 김은 비상구를 찾아 숨 가쁘게 나온다 서로 밀치며
주전자 주둥이 옆에 나란히 난 점
(개)구멍으로도 탈출을 시도한다
수증기로 변장했지만
벽에 닿자마자 물이라는 본모습을 드러낸다
방울방울 안도의 한숨을 내쉬며 미끄럼 탈 듯 매달려 있다
물방울 개수로 출석 체크를 한다

불은 더 많은 물을 탈출시키려고 애가 탄다
어서 빨리빨리, 시간이 없다고
이제 곧 사이렌이 울릴 거야

자동 경보가 울리기 전
얼른 도망쳐 도망치라고!

주전자가 경적을 울린다
선생님 귀에까지 들린다

포기한 물방울들은 주전자 호수로 다이빙한다
잔잔한 밤, 야간 자율 학습이
평정을 되찾는다

공갈빵의 마법

나는 공갈빵
너도 공갈빵
꿈이 없는 교실은 공갈 빵집
먹어도 먹어도 허기진 공갈빵들

공갈빵이 단팥빵으로 바뀌는 마법이 필요해
옷장을 열었을 때 사자가 나오는 것
사자를 만나 악수하는 것
그 사자가 물지 않는 것
우리 집 냉동실에 펭귄이 살고
윗집에는 코끼리가 사는 것
펭귄은 냉동실에서 되똥거리고
코끼리는 탱고를 추는 것
나는 손뼉을 치는 것
단팥빵이 된 공갈빵을 먹는 것

우리 교실이 단팥 빵집이 된 날

나는 공갈빵이 아니야
공갈빵을 채우는 건 나 너 우리
팥부터 심고 기르자

탈바꿈의 시기

해충 퇴치 회사 고객 센터 게시판에 문의가 떴다

"저희 집에 팔팔한 삼수 벌레 한 마리가 사는데,

밥만 축내고 미래에 가능성이 없어 보이는 식충 벌레입니다.

이것도 잡아 주나요?"

해충 퇴치 회사가 답변을 달았다

"국가에서도 박멸을 포기한 관계로 벌레들이 기하급수적으로 늘고 있는데요.

저희도 지원책이 끊겨서 연구를 중단한 상태입니다. 해외 사이트에서 임상 실험자를 모집하는 것으로 알고 있습니다. 급하시면 임상 실험자로 신청하시지요. 아, 참 그전에 이민을 먼저 신청하시고요."

그리고 덧붙이는 말,

"벌레마다 탈바꿈의 시기가 다릅니다. 이민을 결정하시기에 앞서 후회하지 않을 충분한 기다림을 가졌는지 돌아보시기 바랍니다."

폐타이어 시위대

폐타이어는
전 세계적으로
매년 3천억 개가 태어나고
10억 개가 죽는다고 한다
보일러 연료로 쓰이기도 하고
다시 재생 타이어가 되기도 하고
운동 시설, 놀이터 바닥, 아스팔트 등에서
부활한다

다시 무엇이 되기 전에 타이어는
수리점에서 꽈배기가 된다
뒤틀린 세상을 바꾸는 울타리가 되겠노라
얼키고 설키고 꽁꽁 스크럼을 짠다
이대로 영원히 죽을 수는 없다
분명한 의사 표출 시위를 한 덕에 부활한다
폐에 산소가 주입된다 마침내 재생 그룹으로 분류!

쉬운 질문에 답하다

유명한 건축가가 강연 왔어요
벽돌을 들고
이게 뭡니까?
물었습니다.
저건 누가 봐도 벽돌인데 왜 묻지?
벽돌이라고 대답하면 안 되겠어
청중들이 다들 그런 눈빛으로 입을 다물면
앞에서 말하는 건축가가 얼마나 민망하겠어요
준비한 다음 말로 이어갈 수가 없어요
누군가는 벽돌입니다
말해 줄 사람이 필요합니다
벽돌입니다
네, 맞습니다. 벽돌입니다.
또 벽돌이지만 벽돌이 아닙니다
바닥이고 교회이고 성벽이 됩니다

나는 오늘 징검돌이 되었습니다

징연자가 다음 말로 건너가는 징검돌
오늘 내가 이룬 건축

사월 눈

벚나무 아래 자동차
자동차 위에 꽃눈
자동차에 셀 수 없이 많은 눈이 생겼다
이곳저곳 꽃구경 가고 싶다고
여기저기 눈을 단 자동차는 달리면서도 보고 또
볼 수 있다
봄이 봄이
많기도 하다
꽃눈이 달려가며 봄을 뿌린다

시험 기간 나 대신 나들이 보낸 눈
예뻐서 슬픈 눈

퉤, 멋진 놈

버찌가 나 여기 살아 있다고 외치는 6월
툭, 발등에 새똥인가 보니
팍삭 익은 버찌가 보란 듯이 신발을 물들인다
- 그래 나다 임마
  불만 있어?
  내가 익었는데 뭐 어쩌라고

나무 주위가 까맣다
- 꽃만 좋냐
  나도 벚나무의 상징이다 왜, 꼽냐?

여드름 같다
혹여 새똥으로 오인받더라도
지구를 칠하는 페인트공이라 생각하는
나는 버찌, 내 갈 길을 간다
- 그래 너 잘났다
- 잘난 거 이제야 알았냐

퉤, 씨를 내는,

참 멋진 놈!

노랑 꽃나비의 시간

가을이면 소나무에 꽃이 핍니다
샛노란 은행잎 꽃
호르르 바람 부는 날 피는 꽃
한 잎 한 잎
은행나무 옆에 의리 있게 서 있어서 얻은
꽃입니다
나비입니다

푸른 마음에 노란 물이 드는 시간
소나무에
노랑 꽃나비의 시간이 흐릅니다

11월

두 다리로
가을 깊이 들어갔다
거기서 늦가을을 만났다

큰소리치는 거미, 발 다물다

고기 잡아 달라고?
낚싯대 여덟 개를 준비해
물고기들에게는 얼씬거리지 말고
꼭꼭 숨어 있으라고 하고

골키퍼가 필요하다고?
공 제일 잘 차는 선수들
한 팀으로 묶어서 데려와

유리창 청소해 달라고?
이 세상 벽을 모두 유리로 만들고
그러고 나서 나를 불러

손님이 왔다고? 누구?

아, 형님! 어서 오십시오
지네가 앞발을 내밀자

거미는 발딱 일어서서
허리를 굽혔지

지네 발이 모두 방으로 들어오는 데
한참 걸렸어
거미는 계속 그렇게 있었지

오늘, 애벌레의 시간을 노래하기

그동안 낸 청소년 시집 세 권을 꺼내 시인의 말을 읽었습니다. 시인은 시로 말해야 하는데 사족 같은 말을 덧대자니 마음이 쓰입니다. 어렵습니다. 힘을 내 네 번째 청소년 시집에 작가의 말을 씁니다.

연필을 꺼내 메모장을 펼칩니다. 저는 연필로 하는 메모를 좋아합니다. 연필은 꼿꼿한 심을 가운데 숨겼습니다. 심장입니다. 하얀 종이에 서걱서걱. 연필은 지금 얼마나 두근거리는지 제 심장 소리를 들려줍니다. 태아 심장 박동 소리처럼 불룩불룩 귓가에 나팔을 붑니다. 나는 연필이 내는 소리가 좋아서 아무거나 채웁니다. 나보다 더 두근대는 떨림을 느끼면 나는 아득해집니다. 연필의 심장과 내 심장이 만납니다. 시가 꿈틀댑니다. 그 순간에 잠시 멈출 할 수 있어서 행복합니다. 이 행복을 나 혼자 누리려니 아쉽습니다. 아쉬움이 잦은 것 또한 시를 쓰는 사람으로 살기로 작정하고부터 생긴 강박입니다.

시는 읽기만 하는 사람보다 쓰는 사람에게 훨씬 다채로운 모습을 보여 줍니다.

시는 나만의 단어 사전을 만드는 일입니다. 내 주변 모든 것을 새롭게 정의 내리는 일입니다. 그곳에 시가 있습니다. 여러분만의 시가 기다리고 있습니다. 이제나저제나 발굴되기를 바라면서요. 기웃거리는 시들에 기꺼이 손을 내밀어 주세요.

숲속에 잠자는 왕자나 공주를 깨울 게 아니라 사전 속 잠자는 낱말을 깨워 내 시의 주인공으로 만들었으면 합니다. 저마다 지은 집에 우리말이 들어가 살면 좋겠습니다.

시집을 읽고 '나도 시 좀 써볼까.' 그런 마음이 일면 더할 나위 없이 기쁘겠습니다.

'좀'의 마음엔 씨앗이 들었습니다. 자라고 커져서 숲을 이룰 씨앗입니다. 다람쥐가 도토리 좀 두었다 먹어야지 하는 마음이 참나무 숲을 이룬 것처럼 '좀' 하고 먹은 마음이 시의 숲을 이룹니다.

시 숲에는 싱싱함이, 애벌레들이 모여 놀겠지요. 나비가 되어 날아갈 순간을 좇기보다 지금 애벌레의 시간을 맘껏 노래하기를 바랍니다.

연필의 두근거림이 잦아들었네요. 그래요. 이만 인사해야겠어요.

날개를 잊은 시간, 애벌레의 시간인 오늘을 마음 모아 응원합니다.

4랑하는 4번째 시집 속 나의 시들에

호오 입김을 보내며 김미희